目次

装画＝著者
装幀＝思潮社装幀室

ゆめみる手控

幹を

幹を平手で叩いて歩くとき
とんがった赤い鳥に見られている
嘴　いたくきもちいい
お返しに鳥の森の
はずかしいところを
ぬらしにはしる
超快感訓練中と誤解されたり

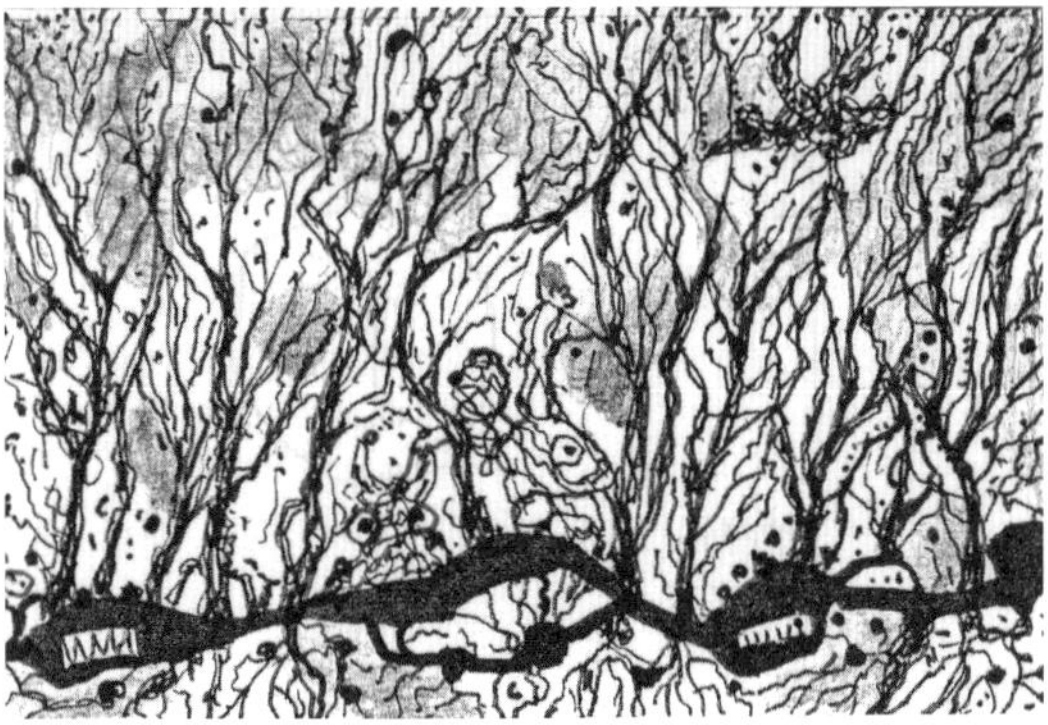

蛇抱

蛇抱く
蛇の母
墓穴は
無足でさがしまわる

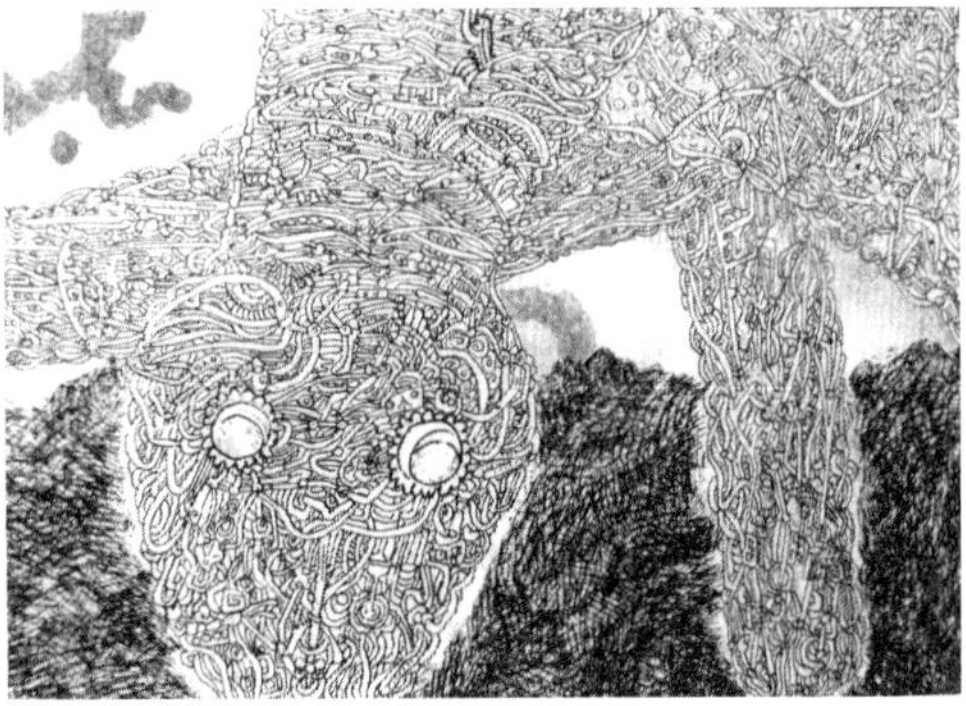

幼少

幼少の砌よりはぐれ蜘蛛だった
網をはって毎日くらしている
ひっかかった訪問者は
喰ってしまうので
話し相手にはならない
孤独だが贅沢は言いますまい

印旛

印旛の黒うさぎを模した
ぬいぐるみを抱えて
月夜にうっすら水子が笑っている
笑える歳に届いたことを
言祝げば地虫鳴く
ぢぢ。あっ、うん。

お人

お人形さんのふともも
つるつるももつるつる
お行儀悪いですよ
紅茶にひたしてふやかして
濡れたまどれえぬはくずれてしまう

爬虫

爬虫類のご遺体
蒔絵の箱におさめ
鰻重よ鰻重よ
うそつきはどの棒でしばく

する

するめ噛んでみせ
かくしゃくしゃく
かくしゃっくしゃっく
まだまだ死なねえよという爺
死ねねえよですと
しかられて
またまたあかちゃんなんだから

影丸

影丸参上
コマ割りは慎重に
師匠は実技の時間に
声をしのばせるのね
人生観の裏街道
教室の柱に十字手裏剣カッカッ

判別

判別式あたりで
躓いているようぢゃ弱いぞぉ
休日のキュウの字を
研究のキュウに変えてみろ皐月
「鍍金週間」
あなたの高校ではどうだった？

古窯

古窯の前で
真の言の葉を授かる
「他者の拵えた器をこわすのではなく
自ら工夫した末に創り上げた器をこわすこと」
卑怯者はとらわれていて
汗みずくで
その破片をどう拾い扱う
ほら
器から自由でありたいと
ねがっている白湯もいる

かた

かたや形式があってこその美なのか
それをはずしたらもはや取るに足らぬものか
青年が迷うておる
老年は道を問うこともなく先へ
先へドウブツのカンで散策を続ける
ゆけ夜霧の極楽門

耀く

耀く表面でくるり
虹を回すしゃぼん玉
はじけて
行きつくところからの解放ととく
むかし七色仮面はくるくる危険をかわし
なぞをといて生計を立てていたのさ

こぞ

こぞ今年
五月雨を
都会では大川もあつめる
けど流れはおそくて
ごめんなさい
相合傘も古びてしまった
傘がある　傘がない

あら

あらっ
すっきり
背筋をのばして
おったっている邪悪なまごころ
むっしあついねぇ
年寄りには魔手魔羅
やるせないのこころ

夕間

夕間暮れ
つるっぱげのおとこが
たもとからひとつ
マッチ箱を出してよこす
いまや珍品なり
擦れば闇も照らす
頭薬付軸木が入っている
はずが空っぽ
空には
胎蔵界

台所

台所湿地じょじょじょ食器を洗う
南部の旧暦クリスマスから四半世紀経っていた
底なし沼では嘴広鸛立ちつくせないもん
甘ったれとよばないで「愛鳥週間」

御機

御機嫌ちゃん
笑いながらかけよる
三歳児を屈んで抱きとめ
立ち上がると
腰がギグっと鳴いた
あとはまかせた
（退場）
（暗転）

うな

うなぎのぼりの美学
見上げる山椒魚
ちっこい目
水域のいとなみに
着想を得て
水草の態度を読み
フラダンス
身体は動かしておくこと
無理はせずにタユマズニ

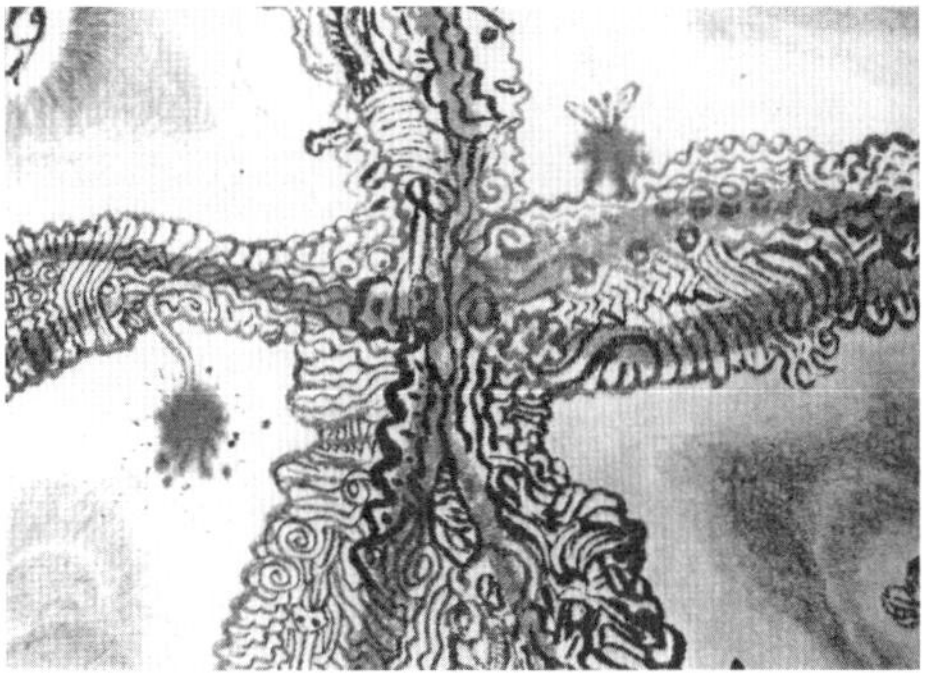

春朗

春朗と呼べば
江戸がひらける
どこまで見せようか
初刷りでおどかし
後刷りでうならせる
思い通りにいかないサラリーマンが
なにかをなにかに
見立てて初夏

こち

こちらが御神体でございます
え　見ていいの
さじ
それもすでに投げられた
参っても拝んでも
さじ
投げたものはのっぽで
白く気高い円錐形に変化して
多魔川を遡っていったのでございます

三歳

三歳の月夜に直人が
脱皮したぬけがらは
西荻窪にまだあるはずと
自称四百歳の母が鏡に向かって呟く
やや信じて出かけてみると
五月晴れの紺碧に
巨大鯉のぬけがらがさわさわさわさわさ
群れをなして泳いでいた
祝景

そぎ

そぎとられた肉や
釜で煮込まれた骨
切りとられた葉物
謎の朱いうずまき
をおそれぬあまり
いつくしみも捨て
ああいいにおいと
口走ってしまう罪
をゆるしたまえ
ラーメン

すす

すすすずめはなさないし（だんまり）
つつつつばめとばないし（ひっそり）
ややあって改札口は感情がいっぱい
ホームでは電車の真顔が
ワーン　泣きました
東急東横線日吉駅

緑化

緑化ははらわたの中で徐々にすすむ
根がはっているから
声を腹の底から出していると
部屋の暮色が止まらない
このとき肺の出る幕はないが
そのうち耳鼻咽喉から
役をふられる
それもまたよしあしで

手習

手習いの巻
不易流行と楷書でものして
目を上げると隣家の化け猫が
しゃなりしゃなりと庭を横切る
ああそうだったまだまだ励むぞ
墨をすりなおし
天狗山姥河童雪女
土蜘蛛人面樹殺生石
ひょうすべしょうけら
ぬっぺっぽうぬっぺっぽうぽうぽう

生前

生前だったら
唇を嚙む面影がある
臍も嚙むし最期は舌だって嚙める
だんだん歯が利かなくなって
舌の時代がくる
嚙み切らなくてよかった
あっかんべえ祭

作田

作田君サクタサルマタフェルマータ
なんて言ってごめん
もうあれから五十年
どこへ謝りに行ったらいいか
随意の長さで生涯を続行中だろうか
廃校の窓から追憶の赤糸を靡かせて
朝やけ寂寞と夕やけ寂寥の
透明度を測ってみる
ダ　カーポ
ムリもどれない

雪見

雪見ランドで雪見酒
沁みて頭の中心軸までゆきとどけ
明日の午後
明後日の午前と
いつも逃げ惑い先延ばしにする
ちゅうぶるのラッセル車
ぼくの脳作業

ツギ

ツギをあてましたココロのキズに
ではなくホトケさまのボウシに
その方は真っ黒いハダで
目を瞑っていらっしゃる
穴に黒い当て布をした赤ボウシお似合い
ヒョウタンツギっていたよね
いたね
キノコの一種だったよね
フーッてしたね

一角

一角獣はみんなすき　でも
奈良の鹿はめんどっちい
はじめはいとおしいたのしい
すぐあきて
夢中ってさめれば
たすかるってことですぜ
恋とか仕事とか生きもの
さめなければ永眠

暑さ

暑さ寒さにとらわれず
久しぶりのだらだら坂を上っていく
左手を伸ばせば先に海だ
海風と港の倉庫や遠い橋
詩人は港の人でもあったと想いかえし
左の景色を鷲づかみで
大きく右へめくって昭和にする

夜も

夜もふけて
明朝のおかずを調えようと
重い甕を台所で開けば
粗塩にぎっしり蒼い髪が漬けられている
残してくれて捨てられぬもの
神女の簪ほのかなゆらぎを光であらわして

下着

下着に秘密のポケットがあって
眠る前に歩数計をおさめる
ＺＺＺ
朝起きるといつも疲れきっている
ＡＡＡ
万歩以上の数字が出ていて
どこまで巡ったかは思い出せなくて

お昼

お昼寝をするときは
なるべく死んだときの表情を心がけています
ですますくとってもいいようふうに
邯鄲の夢
覚めるけれど
しゃっくりがでる
ためいきでとめる
息の根

藤棚

藤棚の下なまけものが
のろのろのがれてきて
爪を齧っている
深爪に気を付けなよ
綿密になまけているわけではなく
花ちらちら受けながら
鄙びた風の詩をあつめたりもするんだよ

若気

若気の至りから
押し込められ
グッと突き出された
「心太」そういう綽名
すいもからいもあまいも
身に浴びて
人に喰われて
泣いた店あり

へん

へんな女優と呟くと
床の間に坐っている
香りすぎる♀の小児
山の宿は
いまの世でも怖い怖いでも
旅はみちづれ

夜の

夜のみなもと
鬨の声
ろうそくの焔はゆれ
停電に酒を酌む
スイッチョも
チンチロリンも来ない
孤立芝居

女衒

女衒の四畳半　そのふところに
入り込んで内側からパンチを繰り出す
拳闘家の薄化粧
たおやかにしつこくしつこく
もう帰ってくれっ
の一言で勝敗が決まった
（最終回ＴＫＯ）

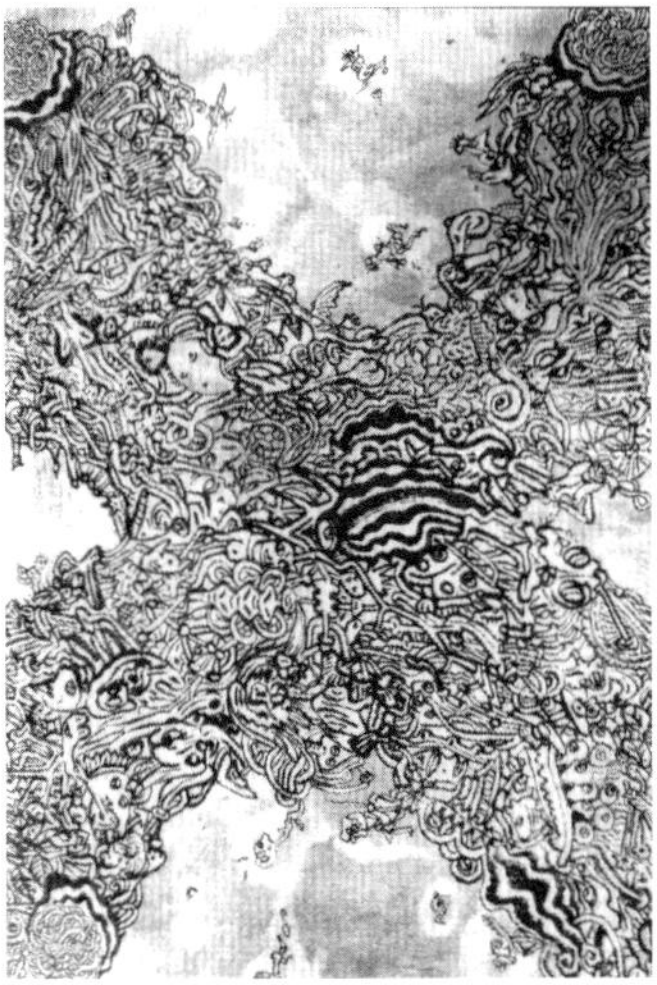

てん

てんてん付
てんてん付
剃りあげられた陰毛の丘に
付箋を重ねる
ここで起きた謀叛を
歴史に訴えますね

変態

変態は趣味ではありません
ぬくい水
光あれ
タマゴオタマカエルパチパチ
時節の花時分の花パチパチ
葉が棘であり
パチパチパチパチ
パチパチパチパチパチ

駒を

駒をすすめる
嘶け桂馬
跨って角笛吹き
盤外の
何処へ
天竺に
鞍懸の
株あり
幻の川
封じて

五十

五十年後
バーバーうえはらの斜め前は
アリス美容室
ない　ない
時折路線バスが通る道にそって
木造アパートとさびれたマーケット
ない　ない
中学生のぼくが二階に上がると
新キャベツとクロ
けはいだけのともだち　いた

ビリ

ビリジアンとカーマインを
仲良くさせようと塗りこんでいくと
かさなる部分がくすんで影の記憶になる
西の内紙に
草原はひろがり
古戦場には土中の血脈
（ああすたれゆく網羅の朱とて）

ふと

ふとももや手書き文字は
年齢を経てもかわりにくいから
あなたのももに呪文を濃い墨で書いてもらい
削がせていただいてはお肉を抱く
去年も今年も明年も
心を籠め包帯でぐるぐるまきにして
黄泉路に埋けて塚にする
愛の戯れでもっこりとね

しず

しずめる
みぢかなひとの青息とみずからの吐息
どうして
どのように
山のおく
海のはて
極細で呼吸
消息彼方

言霊

言霊のうつわ
演じながらいきいき
みえもきるくるくるまいくるい
舞台がかわれば
ジョンにもチンにもなる
今や時代物に明け暮れ
ひとには親切
親は切る
真剣

デス

デスデスます
デスデスました
先ず父上でこれから母上も
もちろんみどももも
６７４１
てる下さい

粘土

粘土を手にして
お題が「自由」となれば
だれしもがうんちをつくる
テクのあるものはちんぽをつくる
はずかしくないあたりまえのことぞ
粘土はもまれて心底よろこんでいます
きゃうきゃう

喫茶

喫茶店にて
カヘオレというと
アイスですかホットですか
おっと
なんとなくでもカフェオレのホットが出る
運のいい一日だった
ざっといきていきたい

野に

野に
のろしガールがいる
風を選って流線形の
煙を焚き上げる
よみとけるようにさらにさらに
懐かしげなけむたさは忘れずに
きっと前世で目にしみたように

風鈴

風鈴鳴る下
畳のうえ涼しげなデスマスク
雨が降ろうと闇が降ろうと
御大切なものをなくそうと
もはやまったくゆるがない
ふと
死んでいたことを思い出す

父が

父が土の中に骨でいる新潟
村上で大きな地震があった
どんぐらぐらぐらあぴゃあ
祖父母も従兄も揺らされて
寺の墓石は倒れただろうか
倒れても死んだ人はけがを
しないのでじつに安心安心

夏至

夏至すぎて
夢の通い路たちつくす
手の甲に雨コトン
かえせば
手のひらに雨コトン
年齢をどこまで遡るかによって
想うひとの貌はかわっていった
午睡列車で

昭和

昭和も暮れかかったころ
指を練る　なら　屁を畳む
麒麟を捩る　には　鉄面皮を焙る
完璧を濡らす　では　朦朧を囲う
黒糖を祀る　うん　江戸を揉む
ふたりで大川べりのベンチに腰かけて
わらったね

キス

キスしているときに気づいていた
あなたはこの世ではまぼろし
舌がなかったから
それでもさいごの抱擁に来てくれてありがとう
地獄で抜かれたのね一昨日
くもの巣に朝露が光って
うそつき

人肉

人肉を喰ったひとの
名簿をつくろうと
地獄門を敲いた
苦い貌の獄卒がでてきて
中に入れという迂闊にも従い
ああっあぷあぷあぷあぷう
血の池で激しく溺れた
あやまってもおそい
閻魔の沙汰ははやい

パン

パン屋さんで焼きたての
香ばしい亀を甲羅ごと買った
食卓を散らかしながら
ちぎって食べるとおいしい
お行儀悪く
万年生きる

自分

自分にとって自分は何者か
よくある問いで
答えは厄介者
だったかちがったかあのひとの屋根の
むこうの空を見ていると
雲が欲しいときに
雲がない

神経

神経叢をかきわけかきわけ
絵を描いていたころ
みどりの匂いに噎せることは
悦びでもあった
網目をつぎたして小さないきものを
すくうことできること
できないこと　せいいっぱいの

蟬魔

蟬魔という詩を書いた人がむかしいた
センマと聞いてサンマノウタかと思った
そんなこと
夏が来て蟬が鳴き叫んでも
思い出さない

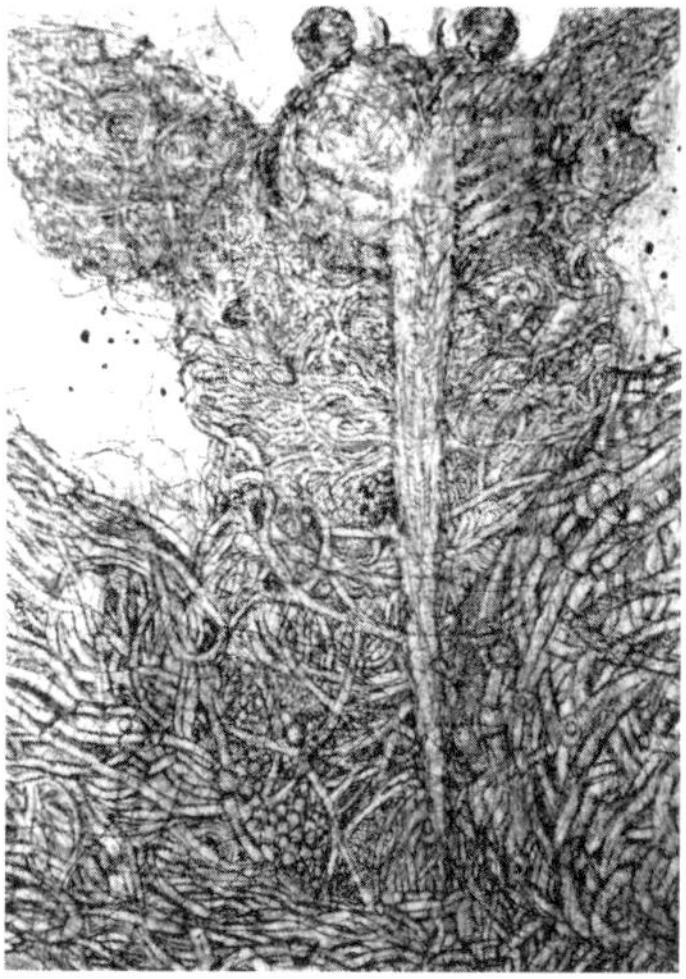

午後

午後また一人で行った
風の冷たいひとっこひとりいない
川沿いの一本道を
愛犬のゆうれいについて行った
想い出せないことばかりの
中学生のゆめのなかへ

図画

図画の注意点
線で絵を描いていると
線の方へ線の方へ
連れていかれて痩せ細る
面を丹念に塗り広げていると
面に強くひきこまれてあっぴっぴとなる
つまりまた溺れる

鮮明

鮮明な花子さん
透明な多郎さん
泥仕合に似て色を塗りあって
春夏秋冬
育っていくおそろしさよ初めは
腹に一ミリのいちもつ

舌で

舌で上前歯の裏を
なめなめ進む
夜叉のくに
怖じ気づくことにも草臥れて
月極駐車場脇で天に呼吸を返すと
地獄鍋のゆめ
銘々椀には満月が
最期に月見うどんがたべたいよお

トリ

トリは目もと口もと羽色がきれい
うしろ姿もかわいい
でもうんちをする
子供の頃　晩年の九官鳥が家にいて
今の私よりずっと若かったくせにその黒トリの
下の世話をしていたよ
お礼の言葉はなかったよ
はなせるくせに

本所

本所区深川区を無闇に歩くと
達者な知らない人影ばかりとすれちがって
夜中に至った
橋から船不在の川をうす目で眺める
とぷくぷくと淋しい後姿の人たちが遠く
川面に立ちつくして揺れる
家に帰りたいのだろうな
唄が幽かにきこえて水は昭和くさい
弥生十日の火から水
にすいさんずい墨田川

火と

火と水の記憶をほどく
ほどなくあかつきの波
あの時の方々がくすんだ衣服で
川から上って帰宅なさる
犬も猫も焦げた鳥も浮かんだり
沈んだり流れたり
した
いつまでもどこまでも
二水三水墨田川の唄を流して

ゆめ

ゆめたどりいつかはあえる焚火かな
火付け（発端）
ぱちぱちとゆめほめてみる焚火かな
火のまわり（凝視）
さまざまなゆめかきあつめ焚火かな
熾火（正念場）
あけがたのひみつとむらう焚火かな
灰（めしあがれ、お芋）

後記

後記から初篇までに降った
言の葉は散らかり
寸描の病葉も混ざりこんで一葉
一葉に箴言めいた妄言や
寝言戯言虚語奇幻
吹き溜まり
助言閑言想い出もうそ寒くなり
焚火かな。

ゆめみる手控《てびかえ》

著者
岩佐《いわさ》なを
発行者
小田久郎
発行所
株式会社思潮社
〒一六二―〇八四二　東京都新宿区市谷砂土原町三―十五
電話〇三（五八〇五）七五〇一（営業）
〇三（三二六七）八一四一（編集）
印刷・製本
三報社印刷株式会社
発行日
二〇二〇年十月二十日